Duda Bajo Acción: Un Thriller Legal

Marcelo Palacios

Published by Marcelo Palacios Mora, 2025.

This is a work of fiction. Similarities to real people, places, or events are entirely coincidental.

DUDA BAJO ACCIÓN: UN THRILLER LEGAL

First edition. February 3, 2025.

Copyright © 2025 Marcelo Palacios.

ISBN: 979-8224679058

Written by Marcelo Palacios.

Tabla de Contenido

Capítulo 1: Una auditoría periódica.................................. 1
Capítulo 2: Susurros en las sombras 6
Capítulo 3: Observador de la reunión 10
Capítulo 4: Aliados y amenazas...................................... 14
Capítulo 5: El interés de un periodista........................... 18
Capítulo 6: Recopilación de pruebas 23
Capítulo 7: Escalada..27
Capítulo 8: La trampa de Gala 32
Capítulo 9: Bajo asedio 37
Capítulo 10: Una huida desesperada..............................42
Capítulo 11: La pistola humeante...................................47
Capítulo 12: Exposición pública.....................................53
Capítulo 13: Infiltración en la finca................................58
Capítulo 14: Justicia y consecuencias.............................63

Capítulo 1: Una auditoría periódica

Con el modesto brillo de la pantalla de su ordenador creando sombras marcadas en el oscuro lugar de trabajo, Lauren Randolph se ajustó las gafas. Lo avanzado de la hora significaba que el edificio estaba prácticamente desierto, excepto por el suave zumbido de los trabajadores de limpieza unos pisos más abajo. Su escritorio estaba cubierto de registros financieros y hojas de cálculo, todos los cuales estaban minuciosamente resaltados y anotados con su meticulosa letra.

Su tarea de la semana fue bastante sencilla: realizar una auditoría interna de cumplimiento para AdvancedTech, una de las empresas de tecnología más grandes y prestigiosas de Houston. Era una empresa reconocida por su innovación y sus políticas progresistas, al menos sobre el papel. Lauren había hecho docenas de estas auditorías antes, y el patrón era familiar: discrepancias, descuidos, nada intencionalmente malévolo. Sin embargo, esta noche, algo no le sentó bien.

Volvió a revisar los datos de contratación, las filas de cifras se difuminaron ligeramente por sus largas horas de concentración. A primera vista, las estadísticas parecían alinearse con las directrices federales: proporciones adecuadas de diversidad racial y de género, crecimiento constante de la representación en todos los departamentos. Pero a medida que cruzaba las cifras con los registros de promoción, surgió una tendencia sutil. Las cifras de diversidad se mantuvieron altas para los puestos de nivel inferior, pero disminuyeron drásticamente en los niveles gerenciales y superiores. Las mujeres y los candidatos de las minorías fueron contratados a un ritmo prometedor, pero parecían haber alcanzado un techo invisible antes de avanzar.

Lauren frunció el ceño y sacó los currículos de varios empleados que figuraban en la auditoría. Muchos estaban sobrecalificados para los roles que ocupaban. Algunos tenían registros de evaluaciones de desempeño brillantes, pero sus trayectorias profesionales se habían estancado inexplicablemente. Agregó una nota a su libreta legal: **Investigue las discrepancias en la política de promoción: ¿posible sesgo sistémico?**

Sus dedos vacilaron sobre el teclado. Había visto problemas como este antes, pero los datos de AdvancedTech estaban inusualmente pulidos, casi demasiado perfectos. Las anomalías se sentían intencionales, como si alguien hubiera trabajado duro para ocultar los patrones subyacentes. Cuanto más cavaba, más inquieta se sentía.

Justo cuando Lauren estaba a punto de registrar sus hallazgos, apareció una alerta por correo electrónico en la esquina de su pantalla. Procedía de un servidor interno de AdvancedTech, con el asunto **CONFIDENCIAL: Material de referencia de auditoría**. El archivo adjunto era un solo archivo titulado *Protocolo de Gestión de la Diversidad*.

El corazón de Lauren dio un vuelco. Ella vaciló, mirando alrededor de la oficina vacía como si alguien pudiera estar observándola a través de las cámaras de seguridad. Hacer clic en un archivo desconocido del servidor de una empresa era arriesgado, especialmente sin autorización. Pero el nombre del archivo insinuaba algo crítico, algo que podría explicar las discrepancias que había encontrado.

Hizo clic en el archivo adjunto y apareció un mensaje de inicio de sesión que le pedía una contraseña de ocho caracteres. Su autorización de trabajo no se extendía a dichos archivos, pero no era ajena a los protocolos de la empresa. Asumiendo un riesgo calculado, Lauren ingresó las credenciales que usaba para la mayoría de los sistemas AdvancedTech.

ACCESO DENEGADO.

Frunciendo el ceño, volvió a intentarlo, repasando las variaciones de posibles contraseñas. Aun así, el sistema le negó la entrada. Con la frustración en aumento, Lauren tomó su teléfono y tomó una foto de la pantalla de inicio de sesión como referencia. Ya se había encontrado con archivos cifrados antes, pero este nivel de seguridad era inusual para un documento de cumplimiento interno. ¿Qué podía ser tan sensible que requería tal protección?

Empujó la silla hacia atrás, estiró las piernas y caminó por la habitación, con la mente acelerada. El nombre *de Protocolo de Gestión de la Diversidad* implicaba algo más amplio, tal vez una estrategia o directriz general. Pero, ¿por qué estaba escondido detrás de un muro de tan alta seguridad? El instinto de Lauren le decía que este no era un procedimiento estándar. Alguien quería guardar este archivo bajo llave.

Al regresar a su escritorio, comenzó a redactar un correo electrónico al departamento de TI de AdvancedTech, solicitando acceso. Enmarcó su investigación como parte de un trabajo rutinario de cumplimiento, con cuidado de no levantar sospechas. Pero antes de darle a enviar, dudó. Si este documento contenía lo que ella sospechaba, ir a través de los canales oficiales podría alertar a las personas equivocadas.

En su lugar, decidió intensificar su revisión de otros documentos internos, escaneando los manuales de contratación, las políticas departamentales y las comunicaciones ejecutivas. Cada archivo se sumaba a la creciente evidencia de un patrón deliberado: ofertas de trabajo diseñadas para excluir a candidatos diversos, promociones que requerían calificaciones que desfavorecían desproporcionadamente a ciertos grupos y gerentes con antecedentes disciplinarios dudosos que no se controlaban. La capacitación legal de Lauren surtió efecto y comenzó a trazar un mapa de posibles violaciones de las leyes federales contra la discriminación.

Pasaron las horas mientras armaba el rompecabezas. Para cuando la aspiradora del equipo de limpieza zumbó fuera de su puerta, se dio cuenta de que la noche se había convertido en madrugada. Su despacho, normalmente impoluto, parecía ahora la escena de un crimen de papeles desperdigados y notas anotadas apresuradamente.

Lauren se puso de pie para recoger sus materiales, sus dedos rozando su portátil. Mientras se preparaba para apagarlo, la pantalla parpadeó con una alerta repentina. Apareció un mensaje automático: **Se ha detectado un intento de acceso no autorizado: archivo bloqueado. Póngase en contacto con el departamento de TI para obtener ayuda.**

Se le apretó el pecho. ¿Había activado un protocolo de seguridad al intentar acceder al archivo del *Protocolo de Gestión de la Diversidad*? Los sistemas de AdvancedTech eran lo suficientemente avanzados como para rastrear actividades inusuales, y no podía quitarse de encima la sensación de que sus movimientos estaban siendo observados.

Un suave golpe en la puerta la sobresaltó. Se quedó paralizada, con el corazón acelerado. Nadie debería estar aquí tan tarde. Tragándose el miedo, cruzó la habitación y miró a través del panel de vidrio esmerilado. Era el conserje, un hombre mayor con rostro amable, empujando un carrito con artículos de limpieza.

—Lo siento, no quise asustarte —dijo, con la voz apagada a través de la puerta—. "Solo haciendo mis rondas".

Lauren exhaló, su pulso se estabilizó. "No hay problema. Estoy terminando".

El conserje asintió y siguió adelante, pero la interrupción la dejó conmocionada. Regresó a su escritorio y revisó dos veces sus notas, asegurándose de que todos los hallazgos críticos se guardaran en una unidad USB encriptada. Si algo le sucedía a su computadora de trabajo, necesitaba una copia de seguridad.

Mientras empacaba para irse, sus ojos volvieron a la nota garabateada en la parte superior de su bloc de notas: **Investigar las discrepancias en la política de promoción: ¿posible sesgo sistémico?** A continuación, añadió una nueva línea: **Prioridad: descifrar el Protocolo de Gestión de la Diversidad.**

Capítulo 2: Susurros en las sombras

Lauren Randolph miró fijamente el cursor parpadeante en su pantalla, su inquietud creciente. El archivo encriptado de la noche anterior todavía carcomía su curiosidad, pero sabía que no debía adentrarse ciegamente en un territorio restringido sin preparación. En su lugar, decidió ampliar su investigación, con la esperanza de que el alcance más amplio pudiera producir piezas adicionales del rompecabezas.

Comenzó a extraer datos de otros departamentos dentro de AdvancedTech. Marketing, Investigación y Desarrollo y Operaciones presentaron la misma tendencia preocupante: diversidad en los rangos inferiores, pero una fuerte caída en el liderazgo. En los despidos, los patrones fueron marcadamente desproporcionados. Las mujeres y las minorías estuvieron sobrerrepresentadas en los despidos recientes, incluso cuando la empresa promocionó su compromiso público con la equidad.

Lauren hizo clic en correos electrónicos, memorandos internos y resúmenes de evaluaciones de desempeño. Cuanto más profundizaba, más clara se volvía la imagen: no se trataba de negligencia. Fue deliberado. Un sistema cuidadosamente gestionado y diseñado para crear la apariencia de cumplimiento mientras se mantienen las jerarquías arraigadas.

Su teléfono sonó sobre el escritorio. Mirando la pantalla, notó una alerta por correo electrónico de un remitente anónimo. El asunto decía simplemente: **Observador.**

Lauren dudó un momento antes de abrir el correo electrónico. Su contenido era breve pero escalofriante:

Estás en el camino correcto. Marcus Sullivan está más involucrado de lo que crees. Ten cuidado en quién confías. Detalles en persona. Organice una reunión segura.

El mensaje no dejaba lugar a interpretaciones erróneas. Marcus Sullivan, director de operaciones de AdvancedTech, había surgido como un nombre de interés en sus hallazgos anteriores, aunque aún no lo había vinculado directamente con las irregularidades. Que este denunciante anónimo lo mencionara no fue una coincidencia.

Sus dedos se cernían sobre el teclado mientras redactaba una respuesta, acordando reunirse en un tranquilo café en las afueras de la ciudad, lejos del alcance de la empresa. Ella encriptó la respuesta, empleando todas las precauciones para asegurarse de que la conversación permaneciera privada.

El resto del día transcurrió en un borrón mientras Lauren se sumergía en la investigación. Por la noche, su oficina parecía las secuelas de una tormenta. Papeles y notas adhesivas cubrían todas las superficies disponibles, gráficos y diagramas conectaban nombres, fechas e incidentes en una red de patrones inquietantes.

Un archivo se destacó: un memorándum interno de un gerente de nivel medio que expresaba su preocupación por las prácticas de contratación. Estaba fechada dos años antes y dirigida a Marcus Sullivan. La respuesta, cortante y desdeñosa, ordenó al gerente que "se mantuviera enfocado en sus entregas". Desde entonces, el gerente había dejado la empresa, pero el rastro de quejas no resueltas sugería que no eran los únicos silenciados.

Lauren se recostó en su silla, el cansancio tirando de sus sentidos. Se frotó las sienes, las luces fluorescentes de arriba comenzaron a picarle los ojos. Cuanto más profundizaba, más sentía que caminaba por la cuerda floja. Y lo que estaba en juego era cada vez más claro: no se trataba solo de violaciones de cumplimiento. Las acciones de AdvancedTech habían afectado a vidas y carreras, tal vez incluso destruidas.

Cuando regresó a su apartamento esa noche, las luces de la ciudad brillaban a través de las calles empapadas por la lluvia. Su carpeta segura estaba respaldada en una unidad externa guardada de forma segura en su bolso. Se sentía incómoda al dejar cualquier cosa vulnerable en sus sistemas de trabajo.

Lauren se sirvió un vaso de agua, sus pensamientos se arremolinaban. Se paseaba por su pequeña sala de estar, repasando los descubrimientos del día. El mensaje del denunciante se cernía en su mente. ¿Por qué ahora? ¿Por qué la habían elegido para revelarle esta información?

Perdida en sus pensamientos, casi no se dio cuenta del sedán oscuro estacionado justo al final de la cuadra. Su motor funcionaba al ralentí suavemente, el tenue resplandor de los faros apenas se veía a través de la llovizna. Lauren frunció el ceño. Su vecindario era tranquilo, el tipo de lugar donde se destacaban los autos desconocidos.

Se acercó a la ventana, mirando a través de los listones de sus persianas. El coche no se movió, pero su instinto le dijo que no estaba allí por casualidad. Se le hizo un nudo en el estómago. Su trabajo siempre había sido polémico —los auditores rara vez hacían amigos—, pero esto se sentía diferente.

Lauren cerró rápidamente las persianas y volvió a comprobar las cerraduras de la puerta de entrada. Tomó su teléfono, debatiendo si llamar a alguien. ¿Pero quién? Reportar sospechas a la policía atraería una atención no deseada. Además, no tenía pruebas concretas de que la estuvieran observando, solo una sensación.

Su teléfono volvió a vibrar, sacándola de sus pensamientos. Había llegado otro correo electrónico de **Observer** . Este no contenía texto, solo un archivo adjunto: una foto de una reunión en la sala de juntas.

Abrió la imagen y se le aceleró el pulso. Sentados alrededor de la mesa estaban ejecutivos de AdvancedTech, incluido Marcus Sullivan. Garabateadas con tinta roja debajo de la foto había dos palabras: **Los Guardianes.**

Lauren miró la imagen, su mente se aceleró. ¿Qué significaba? ¿Era esto evidencia de una conspiración más grande, o alguien estaba tratando de manipularla? Se sentía como un peón en un juego que no entendía del todo.

Volviendo su atención a la ventana, notó que el sedán todavía estaba allí. Su inquietud se profundizó cuando se dio cuenta de que el conductor no estaba haciendo ningún intento por irse.

Lauren agarró su computadora portátil y su unidad externa, luego los arrojó a su bolso. Pasara lo que pasara, no podía quedarse aquí esta noche. Necesitaba respuestas, pero primero tenía que encontrarse con **el Observador**. Si la estaban observando, tendría que moverse con cuidado.

Capítulo 3: Observador de la reunión

La lluvia caía a cántaros sin cesar mientras Lauren Randolph se acercaba al café. Escondido en una tranquila calle lateral, estaba lejos del bullicio del centro de Houston. Escudriñó el interior tenuemente iluminado a través de la ventana de cristal. Una figura solitaria estaba sentada en la esquina trasera, con el rostro parcialmente oscurecido por una lámpara baja.

Respiró hondo, se ajustó la correa de su bolso y entró. La calidez de la cafetería contrastaba fuertemente con el frío de la lluvia. Pidió un café y se acercó al hombre con cautela.

– ¿Lauren? -preguntó, con voz baja y firme.

"Sí", respondió ella. —¿Y tú lo eres?

– Michael Kensington -dijo él, haciéndole un gesto para que se sentara-. Parecía cansado, con los ojos ensombrecidos y la postura tensa. Su traje, aunque bien confeccionado, tenía el aspecto ligeramente arrugado de alguien que hubiera dormido con él.

Michael no perdió el tiempo. "No tengo mucho tiempo. Los ejecutivos de AdvancedTech son más paranoicos de lo que crees. Si sospechan siquiera un indicio de lo que estamos haciendo, lo enterrarán más rápido de lo que te imaginas".

Lauren sacó su cuaderno, manteniendo su expresión neutral. "Entonces no perdamos el tiempo. ¿Por qué te pusiste en contacto conmigo?"

Michael deslizó una unidad USB sobre la mesa. "Que contiene correos electrónicos internos, notas de reuniones y directivas. Todos ellos apuntan a un esfuerzo sistémico para eludir las leyes de cumplimiento de la diversidad, manteniendo al mismo tiempo una fachada de inclusión. Los altos mandos, especialmente Sullivan, han estado dirigiendo esta operación durante años".

Lauren recogió el camino, sopesando sus implicaciones. —¿Por qué presentarse ahora?

Michael vaciló, mirando alrededor del café como si buscara ojos invisibles. "Porque ya terminé de ser cómplice. He visto a demasiadas personas talentosas marginadas, demasiadas carreras destruidas. Cuando dejé AdvancedTech, pensé que podía simplemente irme. Pero la culpa... no te deja dormir".

Se inclinó hacia delante, bajando aún más la voz. – No solo despiden a la gente, Lauren. Los arruinan. Cualquiera que se resista encuentra su reputación destrozada, sus redes profesionales cortadas. Algunos incluso son incluidos en listas negras de industrias enteras".

Lauren sintió un escalofrío que le recorría la espalda. —¿Y Sullivan?

La mandíbula de Michael se apretó. "Él es el arquitecto. Cada política, cada directiva, todo se remonta a él. El hombre tiene la junta directiva en el bolsillo y conexiones que van mucho más allá de la empresa".

Antes de que Lauren pudiera responder, Michael sacó su teléfono y se desplazó rápidamente. Le mostró una serie de capturas de pantalla: correos electrónicos intercambiados entre Sullivan y otros ejecutivos. El lenguaje estaba codificado, pero la intención era clara: estrategias para excluir a los grupos subrepresentados de los roles de liderazgo mientras se elaboraba una negación plausible.

Un correo electrónico se destacó: un mensaje de Sullivan al jefe de recursos humanos. Decía: **"Asegúrese de que todas las** métricas se alineen con las auditorías externas. La óptica es clave, la sustancia es secundaria".

—Jesús —murmuró Lauren, sintiendo el peso de lo que sostenía—.

Michael guardó su teléfono y se levantó bruscamente. "No puedo quedarme. Es posible que ya me estén rastreando. Usa lo que te he dado sabiamente, pero ten cuidado. Esta gente juega sucio".

Antes de que ella pudiera preguntar algo más, Michael salió, desapareciendo en la noche lluviosa.

Lauren se quedó allí sentada por un momento, con la mente acelerada. Se guardó la memoria USB en el bolsillo y terminó su café rápidamente. El calor del café ahora se sentía opresivo, y el murmullo de la conversación a su alrededor irritaba sus nervios.

Cuando volvió a salir, la lluvia se había convertido en una llovizna, pero el malestar en su pecho no se había disipado. Decidió regresar a su oficina, sintiendo la necesidad de procesar lo que acababa de aprender en un espacio seguro.

Cuando llegó a su edificio, sus instintos estaban en alerta máxima. Algo se sentía mal. El viaje en ascensor hasta su piso fue terriblemente lento, cada sonido resonaba como una campana de advertencia. Cuando se abrieron las puertas, la vista de la puerta entreabierta de su oficina hizo que se le revolviera el estómago.

Se acercó cautelosamente, espiando su interior. Los papeles estaban esparcidos por su escritorio y por el suelo, los cajones se abrían y se vaciaban. Su corazón se hundió cuando se dio cuenta de lo que le faltaba: su computadora portátil.

El pánico se apoderó de ella cuando se apresuró a revisar el resto de la habitación. La unidad externa que siempre guardaba en el cajón de su escritorio todavía estaba allí, pero era un pequeño consuelo. Quienquiera que hubiera estado aquí sabía exactamente lo que estaba buscando.

Lauren cerró la puerta tras de sí y se sentó, con los pensamientos acelerados. Todavía tenía el USB de Michael, pero sus archivos personales habían desaparecido. No quería pensar en qué datos confidenciales podrían estar ahora en manos de otra persona.

Su teléfono sonó. Lo agarró rápidamente, esperando un mensaje de un colega o amigo, pero la pantalla mostraba un número desconocido. Ella vaciló y luego respondió.

Una voz distorsionada crepitó a través de la línea. – Abandona esta investigación, Lauren. No sabes con quién estás tratando".

La llamada terminó antes de que ella pudiera responder.

Capítulo 4: Aliados y amenazas

Lauren Randolph entró en el elegante despacho de Robert Calloway con una sensación de urgencia que le costaba disimular. Las lujosas sillas de cuero y la decoración minimalista contrastaban fuertemente con su caos interno. Robert, su cauteloso pero brillante socio en el bufete de abogados, estaba sentado detrás de su escritorio de caoba, examinando un informe legal. Su cabello rubio estaba cuidadosamente peinado, y su traje sastre hablaba de su preferencia por la precisión, tanto en su atuendo como en su trabajo.

Levantó la vista, sus agudos ojos marrones se entrecerraron al observar la expresión de Lauren. —Parece que llevas el peso de una mina terrestre legal —dijo él, haciéndole un gesto para que se sentara—.

—Podría serlo —respondió Lauren, colocando una carpeta en el escritorio entre ellas—. "Necesito tu ayuda. Discretamente".

Robert vaciló, su mano flotando sobre la carpeta. "Discretamente" no era su palabra favorita, especialmente cuando insinuaba bordear los límites de los protocolos firmes. Abrió la carpeta, frunciendo el ceño mientras examinaba los correos electrónicos impresos y las directivas que Lauren había copiado de la unidad USB de Michael Kensington.

"Esto..." Robert se reclinó en la silla y se ajustó las gafas. "Si esto es auténtico, es condenatorio. Pero también es incompleto. Sin pruebas que lo corroboren, estos correos electrónicos no se sostendrán en los tribunales. AdvancedTech tiene un equipo legal que triturará esto más rápido de lo que puede presentar una queja".

Lauren se inclinó hacia delante. "No te pido que archives nada todavía. Necesito saber si hay una base legal para profundizar. Estos patrones no solo no son éticos, sino que son ilegales. Y los altos mandos están usando un lenguaje codificado para ocultarlo".

Robert suspiró, frotándose las sienes. "Lauren, estás hablando de enfrentarte a una de las corporaciones más poderosas de la industria tecnológica. Tienen recursos, recursos ilimitados. Si te equivocas o si esto se filtra antes de que tengas un caso sólido, te enterrarán. En lo profesional y en lo personal".

—Por eso necesito tu experiencia —insistió Lauren—. "Eres el mejor analizando el lenguaje legal ambiguo y encontrando las lagunas. Confío en ti".

La estudió durante un largo momento y luego asintió de mala gana. "Muy bien. Voy a analizar esto. Pero voy a mantener esto fuera de los libros, y tienes que prometerme que andarás con cuidado.

Lauren exhaló aliviada. – Gracias, Robert.

Cuando ella se puso de pie para irse, añadió: —¿Y Lauren? Cuida tu espalda. La gente que juega a este nivel no juega limpio".

Más tarde esa tarde, Lauren regresó a su oficina y encontró un paquete en su escritorio. No había remitente, solo su nombre garabateado en letras mayúsculas. Ella frunció el ceño y su pulso se aceleró mientras lo abría con cuidado.

En el interior había varios documentos muy censurados. La mayor parte del texto estaba tachado, pero algunas frases se destacaron: **"Escudo de cumplimiento"**, **"estrategia de mitigación"** y **"Autoridad de nivel ejecutivo"**. Cada línea insinuaba un sistema diseñado para ocultar el incumplimiento de las leyes de igualdad de oportunidades.

Lauren hojeó las páginas, su inquietud crecía. Un nombre apareció varias veces: **Marcus Sullivan.**

La inclusión del nombre de Sullivan, junto con la naturaleza críptica de los documentos, confirmó que estaba entrando en territorio peligroso. Quienquiera que enviara este paquete quería que ella supiera lo que estaba en juego, pero no estaban dispuestos, o no podían, revelarlo todo.

A medida que avanzaba el día, guardó los documentos en su escritorio y se centró en sus otros casos, aunque sus pensamientos seguían volviendo a AdvancedTech. Cuando salió de la oficina, el sol se había puesto y el estacionamiento estaba tenuemente iluminado, el zumbido de las luces fluorescentes resonaba en las paredes de concreto.

Lauren se acercó a su coche, haciendo malabarismos con las llaves y el maletín, cuando algo llamó su atención. Un pedazo de papel doblado estaba escondido debajo del limpiaparabrisas. Su corazón se hundió cuando la alcanzó, desplegando la nota con manos temblorosas.

"Deja de cavar, o te arrepentirás".

Las palabras estaban impresas en negrita y letras negras. Sin firma. No hay indicios de quién lo había abandonado. Los ojos de Lauren recorrieron el garaje, pero estaba vacío, excepto por unos pocos coches aparcados.

Una ola de miedo la inundó, pero rápidamente fue reemplazada por la determinación. No iba a dar marcha atrás. Ahora no. No después de ver hasta dónde estaban dispuestas a llegar estas personas para proteger sus secretos.

Para cuando llegó a casa, su mente estaba acelerada con los próximos pasos. Sabía que no podía librar esta batalla sola. Robert era un activo, pero su participación debía ser limitada para su protección. Necesitaba a alguien que pudiera ayudar a sacar esto a la luz sin temor a represalias.

Lauren abrió su computadora portátil y comenzó a redactar un correo electrónico para Vanessa Weaver, una intrépida periodista de investigación conocida por exponer la corrupción corporativa. Vanessa tenía la reputación de cavar profundo y no detenerse hasta que la verdad saliera a la luz, sin importar las consecuencias.

Al pulsar el botón de enviar, Lauren miró por las ventanas de su apartamento. Las luces de la ciudad brillaban a lo lejos, pero las sombras parecían extenderse más esta noche. Tenía la sensación de que la estaban observando, pero hizo a un lado ese pensamiento.

Esto fue solo el comienzo.

Capítulo 5: El interés de un periodista

Lauren estaba sentada en un rincón poco iluminado de una bulliciosa cafetería, con la mirada fija en la puerta. No había dormido mucho la noche anterior, sus pensamientos se aceleraban con escenarios de lo que Vanessa Weaver podría decir. La reputación de Vanessa la precedía: tenía un historial de derribar titanes corporativos, sus artículos de investigación remodelaron industrias y empañaron reputaciones.

La puerta se abrió de par en par y Vanessa entró, exudando confianza. Su cabello castaño rojizo hasta los hombros enmarcaba un rostro afilado, y sus penetrantes ojos verdes escanearon la habitación antes de fijarse en Lauren. Se acercó con una cartera de cuero colgada de un hombro y extendió una mano al llegar a la mesa.

– ¿Lauren Randolph? La voz de Vanessa era firme, su tono a la vez profesional y penetrante.

"Sí. Gracias por conocerme", respondió Lauren, estrechándole la mano.

Vanessa se sentó y dejó la cartera sobre la mesa. "Tu correo electrónico me intrigó. No mucha gente tiene el coraje de desafiar a una empresa como AdvancedTech. Cuéntame todo.

Lauren respiró hondo y relató sus hallazgos: el archivo encriptado, el denunciante llamado Michael Kensington, la nota amenazante y los documentos redactados que hacían referencia a un Escudo de Cumplimiento. Vanessa escuchaba atentamente, asintiendo de vez en cuando mientras anotaba notas en un pequeño cuaderno negro.

DUDA BAJO ACCIÓN: UN THRILLER LEGAL

Cuando Lauren terminó, Vanessa se reclinó en su silla, con los labios fruncidos. "Lo que estás describiendo no es solo una empresa deshonesta que se pasa las reglas. Esto suena como parte de una estrategia sistémica. AdvancedTech podría ser una pieza de un rompecabezas mucho más grande".

Lauren frunció el ceño. —¿A qué te refieres?

Vanessa abrió su cartera y sacó una carpeta manila. Lo colocó sobre la mesa y lo deslizó hacia Lauren. "Llevo meses trabajando en una historia sobre las redes de discriminación corporativa. Esta carpeta contiene correos electrónicos filtrados y memorandos internos de varias empresas, como AdvancedTech. Todos apuntan a prácticas similares de ofuscar las métricas de diversidad, asegurando que ciertos grupos demográficos permanezcan subrepresentados mientras parecen obedientes en la superficie".

Lauren abrió la carpeta y sus ojos examinaron el contenido. El lenguaje reflejaba lo que había visto en los documentos de Michael: el uso estratégico de términos como "alineación de la diversidad" y "umbrales de cumplimiento". Un correo electrónico, en particular, llamó su atención. Era de Marcus Sullivan, dirigiéndose a un equipo ejecutivo de otra empresa de tecnología.

"Debemos mantener la apariencia de equidad al tiempo que preservamos los valores fundamentales que impulsan nuestro negocio", se lee.

A Lauren se le revolvió el estómago. "Esto es más grande de lo que pensaba".

Vanessa asintió. "Se pone peor. Marcus Sullivan no es solo un jugador en el esquema de AdvancedTech. Es una pieza clave en una red de ejecutivos que orquestan políticas similares en múltiples industrias. Están compartiendo estrategias, lagunas legales e incluso conexiones políticas para protegerse".

Lauren sintió un escalofrío que le recorría la espalda.
—¿Conexiones políticas?

Vanessa vaciló antes de sacar otra carpeta. Lo abrió, revelando una serie de correos electrónicos intercambiados entre Marcus Sullivan y un nombre que Lauren reconoció de inmediato: la senadora Eleanor Prescott. Prescott era una figura poderosa conocida por su postura a favor de los negocios, a menudo defendiendo la legislación que aliviaba las regulaciones corporativas.

Vanessa tocó la página. "Prescott ha estado protegiendo a empresas como AdvancedTech presionando contra auditorías de cumplimiento más estrictas y suprimiendo las protecciones de los denunciantes. Estos correos electrónicos sugieren que ha estado recibiendo donaciones de campaña a cambio de su apoyo".

Lauren se reclinó en su silla, abrumada por las implicaciones. "No se trata solo de malversación corporativa. Esto es corrupción al más alto nivel".

Vanessa se cruzó de brazos, con expresión sombría.
—Exactamente. Y exponer esto no será fácil. Sullivan y Prescott tienen los recursos para aplastar a cualquiera que amenace su operación. Ya se ha visto hasta dónde están dispuestos a llegar para silenciar la disidencia".

La mente de Lauren se aceleró. Pensó en los documentos censurados, en la nota amenazante y en el portátil robado. Quienquiera que estuviera detrás de esto no dudaría en intensificar sus tácticas.

—¿Qué hacemos? —preguntó Lauren, su voz apenas por encima de un susurro.

Los labios de Vanessa se curvaron en una sonrisa decidida. "Luchamos de manera inteligente. Reunimos pruebas irrefutables, construimos una red de aliados y publicamos la historia de una manera que es imposible de suprimir. Pero primero, tenemos que encontrar las piezas que faltan. Alguien por ahí sabe más, tal vez otro denunciante, tal vez alguien en el interior que todavía es cómplice pero tiene dudas".

Lauren asintió. "Michael Kensington podría conocer a alguien. Mencionó a otros ejecutivos que se sentían incómodos con la dirección que estaba tomando AdvancedTech".

"Muy bien. Acércate a él", dijo Vanessa. "Mientras tanto, profundizaré en los vínculos de Prescott con estas compañías. Si podemos vincularla directamente con la red de Sullivan, tendremos los ingredientes de una exposición explosiva".

Las dos mujeres intercambiaron información de contacto y acordaron mantenerse informadas. Mientras Vanessa recogía su bolso, hizo una pausa y miró a Lauren.

—Eres valiente para enfrentarte a esto —dijo Vanessa—. "Pero ten cuidado. Tratarán de desacreditarte, tal vez incluso peor. Cuídate las espaldas".

Lauren esbozó una leve sonrisa. "Ya me lo advirtieron. Pero no me echaré atrás".

Vanessa asintió y salió del café, con un paso decidido que hacía juego con el fuego de sus ojos.

Lauren se sentó sola durante unos minutos, sus pensamientos se arremolinaban. Sintió una mezcla de miedo y euforia. Por primera vez, tuvo una sensación de claridad sobre el alcance de la pelea en la que se estaba metiendo.

Mientras caminaba de regreso a su auto, su teléfono sonó con un nuevo correo electrónico. El remitente era anónimo y el asunto decía: **"Te están vigilando"**.

Le temblaron las manos al abrir el mensaje. En el interior había una sola imagen: una foto de su encuentro con Vanessa en el café, tomada desde la distancia.

Capítulo 6: Recopilación de pruebas

Lauren estaba sentada en su despacho, mirando la gran cantidad de archivos esparcidos por su escritorio. Había pasado los últimos días poniéndose en contacto con antiguos empleados de AdvancedTech, seleccionando cuidadosamente una lista de personas que podrían estar dispuestas a hablar. La mayoría de sus intentos habían sido recibidos con silencio o rechazo rotundo. El miedo era un poderoso elemento disuasorio, y la reputación de AdvancedTech en cuanto a represalias ocupaba un lugar importante en la mente de aquellos con los que contactaba.

Vanessa había sido fundamental para reducir la lista. Un nombre se destacó: Elena Rodríguez, una ex oficial de recursos humanos de AdvancedTech que había dejado la empresa en circunstancias misteriosas. Según la investigación de Vanessa, Elena había supervisado el cumplimiento de la diversidad durante su mandato y probablemente estaba al tanto del funcionamiento interno de las políticas de la empresa.

El teléfono de Lauren sonó, rompiendo su concentración. Era un mensaje de texto de Vanessa: **"Elena accedió a reunirse. Esta noche, a las 19 hrs. Enviando la dirección.**

Lauren exhaló profundamente. Este podría ser el avance que necesitaban.

Esa noche, Lauren llegó a un pequeño restaurante en las afueras de la ciudad. El lugar era tranquilo, con solo un puñado de clientes dispersos entre las cabinas. Vanessa ya estaba allí, sentada frente a una mujer con el pelo oscuro recogido en un moño apretado. Su postura era rígida, sus manos entrelazadas alrededor de una taza de café.

"Elena, soy Lauren", dijo Vanessa mientras Lauren entraba en la cabina.

Elena miró a Lauren, con expresión cautelosa. "Vanessa me dice que estás investigando AdvancedTech. ¿Tienes alguna idea de en qué te estás metiendo?

"Estoy empezando a hacerlo", respondió Lauren. "Pero necesito entender cómo operaban desde adentro. Vanessa dijo que podrías ayudar.

Elena vaciló, apretando los dedos alrededor de la taza. "Trabajé en RRHH durante siete años. Durante la mayor parte de ese tiempo, creí que estábamos genuinamente comprometidos a mejorar la diversidad. Pero entonces... Las cosas cambiaron".

—¿Qué cambió? —preguntó Lauren con delicadeza.

La voz de Elena se redujo casi a un susurro. "En la época en que Marcus Sullivan se incorporó, todo giró en torno a la óptica. Nos dieron cuotas para cumplir, pero todo era a nivel de superficie. Querían que los números se vieran bien para los inversores y los reguladores, pero en realidad no estaban contratando ni promoviendo candidatos diversos. En cambio, manipularon los datos, reclasificando a los empleados, informando erróneamente las estadísticas, incluso inventando contrataciones".

Lauren se inclinó hacia adelante, con el corazón latiendo con fuerza. – ¿Cómo se salieron con la suya?

"Usaban un sistema llamado Escudo de Cumplimiento", explicó Elena. "Fue diseñado para señalar los posibles riesgos de auditoría y crear explicaciones plausibles antes de que los reguladores pudieran profundizar demasiado. Si alguien preguntaba por qué un departamento carecía de diversidad, presentábamos documentación que demostraba que estábamos reclutando activamente pero que no podíamos encontrar candidatos 'calificados'".

—intervino Vanessa—. —¿Participó usted en la creación de estos documentos?

Elena negó con la cabeza. "No, eso lo manejó un equipo aparte. Pero vi lo suficiente como para saber lo que estaba pasando. Cuando planteé mis preocupaciones, me dijeron que me callara. Con el tiempo, quedó claro que hablar me costaría mi trabajo, o algo peor".

La mente de Lauren se aceleró mientras procesaba la información. "¿Por qué estás dispuesto a presentarte ahora?"

Elena se miró las manos. "Porque no puedo seguir viviendo con la culpa. Permanecí en silencio durante demasiado tiempo. Esas políticas perjudicaron a la gente, gente que merecía mejores oportunidades".

—¿Estaría dispuesto a testificar? —preguntó Lauren.

Los ojos de Elena se abrieron alarmados. "No, no puedo. Tengo una familia en la que pensar. Si AdvancedTech se entera de que te hablé, me destruirán".

Vanessa colocó una mano tranquilizadora en el brazo de Elena. "Lo entendemos. Incluso si no puede testificar públicamente, su historia es invaluable. Con su permiso, podemos usar su cuenta de forma anónima".

Elena asintió de mala gana. "Está bien. Pero tienes que prometer que mi nombre no se mencionará en ninguna parte.

—Tienes mi palabra —dijo Lauren—.

Elena metió la mano en su bolso y sacó una memoria USB. "Esto tiene algunos archivos que logré guardar antes de irme. Están muy censurados, pero podrían darte un punto de partida".

Lauren tomó el camino, sus dedos rozando los de Elena. "Gracias. Esto significa más de lo que crees".

Después de la reunión, Lauren y Vanessa caminaron hacia sus autos en silencio. La gravedad de las revelaciones de Elena pesaba mucho sobre ellos. Cuando llegaron al estacionamiento, el teléfono de Lauren sonó. Era un correo electrónico del departamento legal de su firma.

Se quedó sin aliento mientras leía el asunto: **"Notificación de citación"**.

Vanessa notó el cambio en la expresión de Lauren. —¿Qué es?

Lauren le tendió el teléfono, con la voz temblorosa. "El equipo legal de AdvancedTech. Exigen que cese todas las investigaciones y entregue todos los documentos que he recopilado".

Vanessa apretó la mandíbula mientras leía el correo electrónico. "Están tratando de intimidarte. Esta es su forma de decir que saben que te estás acercando demasiado".

La mente de Lauren se aceleró. La citación fue una clara escalada, una advertencia de que lo que estaba en juego acababa de aumentar. Pero también significaba que estaba en el camino correcto.

—No vamos a parar —dijo Lauren con voz firme—. "En todo caso, esto demuestra que estamos en algo grande".

Vanessa asintió. "Entonces tenemos que movernos rápido. Usarán todos los trucos del libro para acabar con esto".

Cuando Lauren se subió a su coche, sintió una oleada de determinación. AdvancedTech había lanzado el guante, pero ella no se echaba atrás. La pelea apenas comenzaba.

Capítulo 7: Escalada

Lauren miró fijamente la citación frente a ella, el documento legal que exigía que detuviera su investigación sobre AdvancedTech. Su primer instinto había sido obedecer, después de todo, el equipo legal de la corporación era poderoso y notoriamente agresivo. Pero a medida que volvía a leer el texto, las implicaciones de lo que estaba a punto de descubrir alimentaron su determinación.

Ahora no podía echarse atrás.

Ignorando la amenaza legal, Lauren decidió adoptar un enfoque más audaz. Continuaría reuniendo pruebas, pero esta vez necesitaba ayuda, alguien que pudiera ofrecer una perspectiva diferente y acceso a recursos que ella no tenía. Era hora de traer a alguien de fuera, alguien que pudiera ayudarla a navegar por los aspectos criminales de lo que empezaba a sospechar.

El detective Gabriel Torres tenía la reputación de manejar investigaciones de alto riesgo, particularmente cuando había corrupción corporativa involucrada. Su historial de exponer prácticas turbias en organizaciones poderosas le había ganado respeto, e incluso miedo, dentro de ciertos círculos. Lauren lo había visto una vez antes, de pasada, durante un caso de rutina hace unos años. Era inteligente, ingenioso y tenía una tenacidad que coincidía con la de ella.

Lauren cogió el teléfono, marcó el número y esperó.

—Detective Torres —dijo la voz nítida al otro lado de la línea—.

– Detective, soy Lauren Randolph. Necesito tu ayuda".

Hubo una breve pausa antes de que Torres respondiera. "¿Lauren Randolph? ¿De la empresa de cumplimiento?"

"Así es", respondió ella. "Estoy investigando AdvancedTech, hay serios problemas con respecto a la discriminación racial y de género dentro de la empresa, pero creo que es mucho peor que eso. Hay evidencia que sugiere fraude corporativo, y necesito a alguien con su experiencia que me ayude a descubrirlo".

Torres no respondió de inmediato. El silencio flotaba en el aire, cargado de consideración. No era ajeno a los casos de alto perfil, pero esta no era una investigación típica.

—No estoy seguro de lo que está preguntando, señorita Randolph —dijo finalmente Torres, con voz reservada—. "Parece que ya estás en lo más profundo. Si esto es lo que creo que es, estás entrando en un pozo de serpientes".

—Conozco los riesgos —respondió Lauren, con voz firme—. "Pero ya estoy demasiado metido. He estado recibiendo amenazas, y ahora el equipo legal de AdvancedTech está tratando de cerrarme. Necesito a alguien que pueda ayudarme a profundizar en el lado criminal de las cosas, alguien que no tenga miedo de lo que está en juego".

Otra pausa. —Está bien, te ayudaré —dijo Torres, después de pensarlo un momento—. "Pero tenemos que ser inteligentes en esto. No solo estás luchando contra una corporación, te enfrentas a personas que harán cualquier cosa para protegerse. Reunámonos mañana por la mañana y repasemos los detalles".

Lauren respiró aliviada. – Gracias, detective. Te veré entonces.

Al colgar el teléfono, Lauren sintió una mezcla de esperanza y ansiedad. Tener a Torres de su lado fue un paso adelante significativo, pero también significó que las cosas estaban a punto de ponerse más peligrosas. Ya caminaba por la cuerda floja con AdvancedTech, y la participación de las fuerzas del orden podría inclinar la balanza. Pero estaba lista para lo que viniera después.

A la mañana siguiente, Lauren se reunió con Torres en un café en las afueras de la ciudad. Se sentó frente a ella, con los ojos escudriñando la habitación, siempre vigilante. Su actitud era tranquila y calculadora, pero Lauren se daba cuenta de que la estaba tomando en serio.

—Cuéntame todo —dijo Torres, sacando un cuaderno y un bolígrafo—.

Lauren expuso todo lo que había reunido: el testimonio de Elena, los correos electrónicos filtrados que implicaban a Marcus Sullivan y el escudo de cumplimiento que se había establecido para cubrir las discrepancias. Mientras hablaba, Torres tomaba notas, con expresión impasible. Cuando ella terminó, él se reclinó en su silla.

"Esto es más grande de lo que esperaba", dijo. "Suena como una conspiración corporativa, pero es más que solo malas políticas. Estás hablando de manipulación de datos, tergiversación deliberada y un encubrimiento que alcanza los niveles más altos. Si esto se hace público, será un desastre para todos los involucrados".

"Y eso no es todo", agregó Lauren. "Creo que también están involucrados en actividades financieras ilegales: lavado de dinero, sobornos. Hay demasiadas señales que apuntan a que se trata de una operación criminal, no solo de mala conducta corporativa".

Torres asintió lentamente. "Estoy de acuerdo. Pero necesitamos pruebas, algo concreto. Y tenemos que movernos rápido. Quienquiera que esté detrás de esto es poderoso y no se detendrá ante nada para proteger sus secretos. Si van a continuar, tenemos que estar por delante de ellos".

Lauren sintió una oleada de determinación. "He estado trabajando en eso. Estoy planeando infiltrarme en un evento exclusivo presentado por Marcus Sullivan. Creo que es la oportunidad perfecta para reunir pruebas directas".

Torres enarcó una ceja. —¿Una gala, dijiste?

"Sí. Es un evento de alto perfil en Houston, y Sullivan estará allí. Creo que es la oportunidad perfecta para acercarme a él y descubrir más información. Solo tengo que encontrar la manera de entrar".

Torres pensó un momento y luego habló. "No puedo garantizar tu seguridad si haces esto. Entrarás en la guarida de un león. Pero si crees que vale la pena correr el riesgo, te respaldaré. Tendré gente cuidándote las espaldas desde la distancia, pero tendrás que ser inteligente sobre cómo abordar esto".

Lauren asintió. "Lo entiendo. He llegado demasiado lejos como para dar marcha atrás ahora".

Justo cuando estaban a punto de continuar su discusión, el teléfono de Lauren sonó. Era un mensaje de Vanessa.

"Me enteré cuando será la gala de Marcus Sullivan, este sábado. Tengo una lista de invitados, pero necesitaremos un plan para que entres. Ten cuidado, Lauren.

Los dedos de Lauren se apretaron alrededor del teléfono mientras leía el mensaje. El momento era perfecto. La gala le daría la oportunidad de enfrentarse a Sullivan y reunir las pruebas que necesitaba.

Pero cuando empezó a escribir una respuesta a Vanessa, sonó su teléfono. El identificador de llamadas mostraba "Número privado".

Lauren dudó un momento y luego respondió.

—¿Hola?

Una voz, fría y entrecortada, atravesó la línea. "No vayas a la gala".

El pulso de Lauren se aceleró. —¿Quién es? —preguntó, con voz firme a pesar del creciente malestar en su estómago.

"Alguien que sepa lo que estás haciendo. Si vas a ese evento, te arrepentirás. Mantente al margen".

Antes de que Lauren pudiera responder, la línea se cortó.

Miró el teléfono, con la mente acelerada. ¿Fue una advertencia de AdvancedTech? ¿O alguien más estaba tratando de detenerla?

La voz había sido inconfundiblemente autoritaria, y la amenaza se sentía personal. Lauren no tenía intención de dar marcha atrás, pero no podía quitarse de encima la sensación de que quienquiera que estuviera detrás de esto sabía más de lo que estaba diciendo.

—¿Todo bien? —preguntó Torres, notando su expresión.

Lauren exhaló bruscamente. "Acabo de recibir una advertencia. Alguien sabe de la gala y quiere que me mantenga alejado".

La expresión de Torres se oscureció. "Definitivamente es más peligroso de lo que pensaba. Pero no te vas a echar atrás, ¿verdad?

—Ahora no —respondió Lauren, con la mandíbula apretada por la determinación—. "Voy a ir a esa gala. Y voy a conseguir las pruebas que necesito para acabar con ellos".

Capítulo 8: La trampa de Gala

Lauren estaba de pie fuera del gran salón de baile del lujoso hotel en el centro de Houston, ajustándose el vestido de noche negro que había tomado prestado para la ocasión. El corazón le latía con fuerza en el pecho y el aire se sentía cargado de tensión. Estaba a punto de entrar en un mundo que conocía demasiado bien: el entorno corporativo de alto riesgo donde el poder, la riqueza y la corrupción a menudo chocaban. Esta noche, sin embargo, no era solo de negocios; Era la supervivencia.

Vanessa estaba a su lado, vestida de manera similar, con su cámara y sus dispositivos de grabación cuidadosamente ocultos dentro de su bolso. Habían ensayado su plan innumerables veces, pero ahora que había llegado el momento, Lauren sintió una oleada de ansiedad. La invitación había sido cuidadosamente orquestada y ambas mujeres habían recibido sus pases VIP, lo que les permitía acceder al evento. Había llevado semanas de preparación: conseguir un fondo corporativo falso, investigar la lista de invitados y cubrir todos los ángulos. Todo tenía que salir según lo planeado, o lo arriesgarían todo.

—No me gusta esto —susurró Vanessa, ajustándose el collar—. "Esto se siente como si estuviéramos entrando en una trampa".

Lauren respiró hondo y sonrió, aunque se sintió más como una mueca. "No tenemos otra opción. Necesitamos las pruebas. Esta gala es nuestra mejor oportunidad".

Mientras caminaban por el opulento vestíbulo, pasando por la gran escalera y los candelabros que parecían brillar con opulencia, los ojos de Lauren se movieron de un lado a otro, tratando de detectar cualquier rostro familiar. El salón de baile estaba lleno de ejecutivos bien vestidos, sus risas y charlas se mezclaban con la atmósfera de exceso e influencia. Pero en esta multitud, Lauren sabía que detrás de cada sonrisa y apretón de manos se escondía algo mucho más oscuro: un sistema orquestado de discriminación y corrupción que se extendía por todos los continentes.

Marcus Sullivan estaba en el centro de todo, tan seguro y pulido como siempre. Estaba enfrascado en una conversación con algunos invitados de alto nivel, su voz transmitía el estruendo del evento. Cuando Lauren y Vanessa entraron en el salón de baile, instintivamente se movieron hacia el borde de la multitud, mezclándose lo mejor que pudieron.

—Mantén los ojos abiertos —murmuró Lauren, y Vanessa asintió, poniendo su teléfono en modo de grabación, el pequeño dispositivo escondido en su bolso.

La música estaba a todo volumen, el tintineo de las copas y el murmullo de las conversaciones marcaban el fluir de la noche. Lauren no pudo evitar sentir una sensación de presentimiento mientras observaba a Sullivan trabajar en la habitación. Era la imagen del encanto corporativo, su carisma se ganaba sin esfuerzo a todos los que estaban a su alrededor. Sabía que bajo el pulcro exterior había un hombre que había construido su imperio sobre el engaño.

Tenía que acercarse.

Su oportunidad llegó cuando Sullivan se alejó del grupo principal para hablar con algunos de sus socios cerca del bar. Lauren y Vanessa intercambiaron una breve mirada antes de deslizarse entre la multitud, dirigiéndose hacia el grupo de invitados que lo rodeaban. Los nervios de Lauren estaban en alerta máxima, pero se obligó a mantener una actitud tranquila. Sabía que Sullivan probablemente estaría discutiendo algo importante con su círculo íntimo, y esta era su oportunidad.

A medida que se acercaban al grupo, Lauren escuchó fragmentos de su conversación. Estaban discutiendo la última expansión de las operaciones de AdvancedTech en el extranjero, específicamente en países donde las leyes laborales y las iniciativas de diversidad eran menos estrictas.

"Una vez que nos establezcamos en estos nuevos mercados, tendremos el control total", resonó la voz de Sullivan, aguda y calculadora. "Las leyes son más laxas. Podremos mantener la fachada de diversidad al tiempo que reducimos los costos de manera significativa. Nuestros equipos en el extranjero no serán tan diversos, pero ¿quién lo va a controlar? Nadie en esas regiones tiene los recursos para hacernos responsables".

El estómago de Lauren se retorció. La flagrante manipulación de las normas de diversidad está más extendida de lo que ella pensaba. Este no era solo un problema confinado a la sede de AdvancedTech, era una operación global y se basaba en mentiras. Miró a Vanessa, que ya había empezado a grabar, con el teléfono discretamente bajo el bolso. Cada palabra era preciosa. Estaban obteniendo las pruebas que necesitaban.

Pero entonces, cuando la conversación se centró en su nueva iniciativa, sucedió algo inesperado. Lauren sintió que se le erizaron los pelos de la nuca cuando un par de ojos se clavaron en los suyos. Una figura alta e imponente estaba de pie en la puerta del salón de baile, observándola atentamente. Por un breve momento, se quedó paralizada, insegura de cómo reaccionar.

Era uno de los miembros del personal de seguridad de Sullivan.

El corazón de Lauren dio un vuelco cuando rápidamente se dio la vuelta, tratando de enmascarar su conmoción. Podía sentir el peso de la mirada del hombre en su espalda. Su mente se aceleró. ¿Habían sido vistos?

– Lauren -susurró Vanessa con voz urgente-. "Tenemos que irnos. Ahora".

Pero antes de que pudieran salir, otro guardia de seguridad se acercó a ellos, con expresión fría. "Señoras, me temo que voy a tener que pedirles que se vayan".

El pulso de Lauren se aceleró mientras forzaba una sonrisa, tratando de enmascarar el pánico que se acumulaba dentro de ella. "Solo estamos tomando una copa. Todo está bien".

La mirada del guardia era inquebrantable. "Lo siento, pero tenemos que escoltarte fuera".

La habitación de repente se sintió demasiado pequeña, demasiado sofocante. Lauren lanzó una mirada a Vanessa, quien sutilmente volvió a guardar su teléfono en su bolso. No tuvieron tiempo de discutir. Si se resistían, llamaría demasiado la atención. Sin decir una palabra más, permitieron que el equipo de seguridad los guiara hacia la salida.

A medida que los escoltaban por el vestíbulo, la sensación de urgencia aumentaba. A cada paso que daban, Lauren sentía que el peso de su descubrimiento se le escapaba entre los dedos. Se suponía que este sería el momento en que asegurarían la evidencia, ahora, se estaba escapando.

Justo cuando llegaron a la puerta, la mano de Vanessa rozó el costado de Lauren. Fue un gesto breve y sutil, pero Lauren lo captó: Vanessa se había metido algo en el bolsillo. Una unidad flash. Vanessa había logrado introducirlo de contrabando a pesar de la tensión de la situación.

Una vez fuera, el aire fresco de la noche golpeó la cara de Lauren y respiró hondo. Sus ojos escudriñaron la zona. Los guardias de seguridad los habían dejado parados cerca de la estación de aparcacoches, pero algo no se sentía bien. Sintió que se le erizaban los pelos de la nuca al girarse, entrecerrando los ojos.

Había un sedán negro estacionado a unos pocos espacios de distancia. Las ventanas estaban polarizadas, pero Lauren pudo ver la silueta de una persona adentro. No pudo distinguir ningún detalle, pero el coche había estado allí durante demasiado tiempo, aparcado en un lugar aislado al borde del aparcamiento.

Vanessa también lo notó. —Nos están siguiendo —murmuró ella, con la voz tensa por el miedo—.

La mente de Lauren se aceleró. "Súbete al auto. Tenemos que irnos".

Pero mientras se dirigían a su propio vehículo, Lauren no dejaba de mirar por encima del hombro. El sedán no se había movido. Sin embargo, el malestar en su estómago se profundizó. No estaban solos. No estaban a salvo.

El camino de regreso a su apartamento fue silencioso, cada mujer perdida en sus pensamientos. Pero Lauren no podía quitarse de encima la sensación de que esto era solo el principio. La amenaza acababa de intensificarse y no tenían idea de quién estaba moviendo los hilos.

Capítulo 9: Bajo asedio

El apartamento de Lauren se sentía inquietantemente silencioso cuando entró por la puerta, con el peso de los acontecimientos de la noche colgando pesadamente sobre sus hombros. La euforia de la gala se había convertido rápidamente en pavor. La grabación de Vanessa y el pendrive que había metido en el bolsillo de Lauren fueron la clave para desentrañar la red de corrupción que rodeaba a Marcus Sullivan y a AdvancedTech. Pero ahora, ambos estaban marcados.

El viaje había sido lo único que la mantenía en marcha, la evidencia que necesitaban para exponer la verdad. Y, sin embargo, algo había cambiado en el momento en que abandonaron la gala. No era solo la sensación de ser observado; Era la sensación palpable de que el peligro los había encontrado. Lo sentía en los huesos.

Cuando llegaron a su apartamento, sus instintos le gritaron que tuviera cuidado. El sedán negro que había visto antes no estaba allí, pero sí algo más. Un automóvil, estacionado al otro lado de la calle, se colocó en un ángulo que permitió a sus ocupantes vigilar el edificio. No fue una coincidencia. Había visto la misma marca y modelo varias veces en los últimos días, siempre en el fondo, acechando como una sombra.

Vanessa, sintiendo su inquietud, le puso una mano en el hombro. "No me gusta esto. Tenemos que averiguar qué hay en esa unidad flash, rápido".

Lauren asintió, pero no estaba lista para despedir el auto afuera. Sabía que no debía ignorar las sutiles señales de vigilancia. Del tipo que no te gritaba en forma de ojos deslumbrantes, sino que existía en los espacios silenciosos, los espacios entre movimientos.

Al entrar en el apartamento, Lauren revisó instintivamente las cerraduras de la puerta, examinando la habitación en busca de cualquier cosa que pareciera fuera de lugar. El lugar estaba tal y como lo había dejado, nada parecía perturbado. Sin embargo, no podía quitarse de encima la sensación de que alguien había estado allí.

Vanessa se sentó en la pequeña mesa de la cocina y conectó el pendrive al portátil de Lauren. La fría luz blanca de la pantalla iluminó su rostro mientras comenzaba a descifrar el contenido, sus dedos bailando sobre el teclado con precisión practicada. Lauren miraba por encima de su hombro, su ansiedad aumentaba con cada momento que pasaba.

La pantalla parpadeaba a medida que se cargaban los archivos, los nombres de los archivos eran sospechosamente formales: contratos, memorandos, informes. Lauren no pudo evitar sentir una sensación de incredulidad al ver las palabras "AdvancedTech" y "Marcus Sullivan" aparecer en negrita e inconfundible. Esto era todo, la prueba. La prueba de que el hombre al que habían estado persiguiendo estaba inmerso en una conspiración que abarcaba múltiples empresas y países. Los memorandos detallaban la manipulación de las estadísticas de diversidad, las prácticas de contratación intencionalmente engañosas y una red de empresas fantasma diseñadas para eludir las regulaciones. Pero los documentos fueron más allá, implicando a funcionarios de alto rango y corporaciones en un esquema global.

Lauren se quedó sin aliento mientras hojeaba los contratos, cada uno más condenatorio que el anterior. No se trataba solo de memorandos internos; Eran rastros de papel que acabarían con toda la operación. Sullivan había orquestado esto, no solo en los EE.UU., sino en el extranjero, asegurándose de que el sistema de discriminación se extendiera a nivel mundial, al tiempo que lo enmascaraba detrás de la fachada de cumplimiento.

Vanessa habló, con voz baja y controlada. "Esto es todo. Esto es lo que necesitábamos".

Pero justo cuando Lauren estaba a punto de responder, las luces parpadearon. Se quedó paralizada. Lo primero que pensó fue en una subida de tensión, pero luego las luces se apagaron por completo. El zumbido del sistema eléctrico del apartamento se cortó, dejando solo el sonido de su respiración acelerada y el suave golpeteo de los dedos de Vanessa sobre el escritorio.

—¿Lauren? La voz de Vanessa se quebró ligeramente. "¿Qué está pasando?"

Lauren levantó una mano, haciendo señas de silencio. No necesitó decir nada, Vanessa lo entendió. Algo no iba bien.

Lauren se movió rápidamente, sus ojos escudriñaron la habitación en busca de cualquier señal de un intruso. El apartamento estaba a oscuras, pero no necesitaba la luz para saber que ya no estaban solos. Ahora podía oírlo: el débil sonido de una puerta al abrirse, el suave arrastrar de los pasos que se movían al otro lado de la habitación.

—Están aquí —susurró Lauren, con voz firme a pesar del miedo que le subía al pecho—.

Le hizo un gesto a Vanessa para que se callara y rápidamente se dirigió al armario donde guardaba algunas cosas para emergencias. Agarró una barra de metal, lo más parecido que pudo encontrar a un arma, y la agarró con fuerza con las manos. El corazón le latía con fuerza en el pecho mientras se colocaba cerca de la puerta, escuchando atentamente el movimiento del exterior. No iba a esperar a que la encontraran. Tenía que tomar las riendas de la situación.

La puerta de su apartamento estaba abierta, un movimiento deliberado. El sonido de una llave al girar confirmó su peor temor: alguien había estado dentro. ¿Pero quién? ¿Quién podría ser tan descarado?

La mente de Lauren se aceleró mientras intentaba calcular su próximo movimiento. ¿Debería llamar a la policía? ¿Llegarían a tiempo? No estaba segura de poder confiar en nadie en ese momento. La gente que la perseguía era poderosa y tenía los medios para cubrir sus huellas. Por ahora, todo lo que podía hacer era protegerse y encontrar una manera de escapar si las cosas empeoraban.

De repente, se oyó un fuerte estallido desde el otro lado del apartamento, seguido de una serie de golpes rápidos y deliberados. Alguien intentaba entrar a la fuerza. Ya no era sutil. No iban a esperar a que ella abriera la puerta, iban a entrar.

Su pulso se aceleró y se agachó más abajo, colocándose justo fuera de la vista. No quería que la pillaran a la intemperie. La vara se sentía pesada en sus manos, pero se armó de valor. Ya no se trataba solo de sobrevivir; Se trataba de proteger la verdad.

Otra explosión. Esta vez más fuerte. Y luego una voz, baja, amenazadora y tranquila.

—Lauren Randolph —dijo la voz, llena de una inquietante familiaridad—. "Sabemos que estás ahí. No puedes esconderte para siempre".

Lauren se quedó sin aliento mientras el hombre del otro lado de la puerta volvía a hablar. "Has estado cavando demasiado profundo. Se acabó".

Se le acababa el tiempo. Cada segundo le parecía una eternidad, y sabía que quedarse en el apartamento ya no era una opción. Su única oportunidad era contraatacar, al menos el tiempo suficiente para escapar.

El siguiente movimiento llegó en un borrón. Oyó que la puerta se abría bruscamente, y luego se acercaron los sonidos de pasos, pesados, deliberados. Era el momento de actuar. Lauren saltó de su escondite y balanceó la barra de metal hacia la figura oscura que se dirigía hacia ella.

Pero antes de que pudiera hacer contacto, un dolor agudo le recorrió el hombro. El golpe la hizo tropezar hacia atrás, su mano se deslizó de la vara. Las luces volvieron a parpadear y ella quedó en una oscuridad casi total, con la respiración entrecortada en el pecho.

Capítulo 10: Una huida desesperada

El corazón de Lauren latía en su pecho mientras salía a trompicones de su edificio de apartamentos, todos sus instintos le gritaban que siguiera moviéndose. La oscuridad de la calle ofrecía poco consuelo, y a cada paso podía sentir los ojos de quienquiera que hubiera estado en su apartamento todavía sobre ella. El pánico que se había apoderado de ella cuando rompieron la puerta no se había desvanecido. No había hecho más que agudizarse, impulsándola a avanzar.

Su mente se aceleró. Su apartamento estaba comprometido, las pruebas estaban en riesgo y su seguridad era incierta. La barra de metal que había usado para defenderse había quedado atrás, ahora una pieza de metal inútil. No podía arriesgarse a volver a por él. No había tiempo que perder. Necesitaba un lugar seguro, un lugar donde pudiera reagruparse, ordenar sus pensamientos y averiguar qué hacer a continuación.

Diana Rodríguez. Lauren había pasado años en el campo como aprendiz de Diana, una asesora legal de alto rango jubilada que había visto más de su cuota de corrupción corporativa. La mente aguda de la mujer y su agudo sentido de la justicia habían guiado a Lauren a través de algunos de sus casos más difíciles. Pero lo que hizo diferente a Diana fue su capacidad para mantener la calma bajo presión. Y en este momento, Lauren necesitaba esa calma.

Las manos de Lauren temblaron mientras sacaba su teléfono, su pulgar flotando sobre el nombre de Diana. No había hablado con ella en meses, pero no había nadie más en quien pudiera confiar. Pulsó el botón de marcación y se acercó el teléfono a la oreja, dispuesta a mantener la calma. No podía dejar que el miedo la abrumara.

—¿Lauren? La voz de Diana crepitó a través de la línea, cálida pero con un dejo de preocupación. "¿Qué pasa? Suenas sin aliento".

—No estoy a salvo —susurró Lauren, con la voz apenas por encima de un temblor—. "Necesito un lugar donde quedarme. Ha habido un robo. Alguien me está persiguiendo.

Diana no lo dudó. "Ven a mi casa. Ahora. Te ayudaré".

Lauren no perdió ni un segundo. Colgó el teléfono y se movió con urgencia, acelerando el paso a medida que ponía distancia entre ella y su apartamento. Su mente daba vueltas con pensamientos sobre el pendrive, las pruebas condenatorias que habían descubierto y lo que significaban tanto para ella como para Vanessa. No podía dejar que esa evidencia cayera en las manos equivocadas. Tenía que seguir moviéndose.

Cuando llegó a la casa de Diana, las luces exteriores estaban encendidas, proyectando un resplandor acogedor en el tranquilo vecindario suburbano. La casa de Diana era modesta, nada que ver con las casas de lujo que Lauren había llegado a conocer durante su tiempo con la élite de AdvancedTech. Pero era seguro, y eso era todo lo que importaba en ese momento. La puerta se abrió antes de que Lauren pudiera llamar, y Diana la hizo entrar.

—Entra —dijo Diana con voz firme—. "Estás a salvo aquí por ahora".

Lauren entró, el peso de la situación finalmente se asentó sobre ella. No se había dado cuenta de lo tensos que estaban sus músculos hasta que estuvo en la sala de estar de Diana. La casa de Diana olía a café recién hecho y libros viejos, un reconfortante recordatorio de tiempos más sencillos. No podía permitirse el lujo de relajarse, todavía no, pero necesitaba un momento para recomponerse.

—Siéntate —dijo Diana, señalando el sofá—. "Te traeré algo de beber".

Lauren se hundió en el sofá y respiró hondo mientras Diana se dirigía a la cocina. Las paredes estaban llenas de estanterías, llenas de viejos textos legales y estudios de casos. Siempre había admirado la mente de Diana, la forma en que podía diseccionar un caso desde todos los ángulos, encontrando conexiones que otros pasaban por alto. Ahora, más que nunca, necesitaba ese tipo de claridad.

Diana regresó con una taza de té caliente y la colocó frente a Lauren. – Háblame, Lauren. ¿Qué pasa? Y no dejes de lado ningún detalle".

Las manos de Lauren temblaron levemente mientras tomaba la taza, sintiendo el calor filtrarse en sus dedos fríos. Empezó a contarlo todo: la gala, el pendrive, el robo en su apartamento. Explicó cómo Vanessa había grabado la conversación, las pruebas que implicaban a Marcus Sullivan y a los principales ejecutivos de AdvancedTech. Y luego, describió cómo había escapado por poco, el miedo que sintió cuando se dio cuenta de que alguien estaba observando cada uno de sus movimientos.

Diana escuchó atentamente, sus ojos nunca se apartaron del rostro de Lauren. Cuando Lauren terminó, Diana no habló de inmediato. Se recostó, cruzando los brazos mientras procesaba todo. El silencio se extendió, haciendo que Lauren se sintiera aún más expuesta. Finalmente, Diana habló.

—Los tienes —dijo ella, con voz baja pero feroz—. "Las pruebas. Si esto es cierto, todo el imperio de Marcus Sullivan podría derrumbarse".

Lauren asintió. "Lo sé. Pero saben que ahora lo tengo. Vienen por mí. No puedo quedarme en un lugar por mucho tiempo".

Diana hizo una pausa, con el rostro serio. "Entonces es el momento de hacerlo público. No puedes esconderte para siempre, Lauren. Tienes que exponerlos antes de que puedan detenerte".

El corazón de Lauren se hundió. Sabía que ese día llegaría. Hacerlo público era lo último que quería hacer: la pondría en riesgo, la convertiría en un objetivo. Pero Diana tenía razón. Tenía pruebas que podían derribar toda una red corporativa basada en el engaño y la codicia. No podía seguir corriendo para siempre.

—Tienes razón —dijo Lauren en voz baja—. "Yo sólo... No sé si estoy listo".

—No tienes otra opción —replicó Diana, con tono decidido—. "Has visto el daño que han hecho. Las vidas que han arruinado. Eres el único que puede hacer esto bien".

Lauren exhaló lentamente, asintiendo. No estaba segura de cuáles serían los próximos pasos, pero sabía que su tiempo en las sombras estaba llegando a su fin. Tuvo que tomar el control de la narración antes de que alguien más lo hiciera. Encontraría la manera de dar a conocer la historia, de dar a conocer la verdad. No iba a ser fácil, pero era la única opción.

Justo cuando Lauren estaba a punto de hablar, sonó el teléfono, su tono agudo cortó la quietud de la habitación. El rostro de Diana se endureció mientras echaba un vistazo al identificador de llamadas.

—Son ellos —murmuró Diana con voz tensa—. "Saben que estás aquí".

El pulso de Lauren se aceleró. No estaba a salvo. Ni aquí, ni en ninguna parte.

Diana contestó el teléfono, con voz tranquila pero aguda.
—¿Hola?

Hubo una larga pausa, y luego el sonido de una voz baja y amenazadora al otro lado de la línea.

—¿Crees que estás a salvo? —dijo la voz, fría y calculadora. "Podemos comunicarnos con usted en cualquier lugar. No escaparás".

Diana apretó el teléfono. "Estás perdiendo el tiempo. Ella no te tiene miedo".

La voz se rió. —No es el miedo lo que debería preocuparte, Diana. Es lo que pasa cuando gente como Lauren se interpone en el camino".

Diana colgó el teléfono sin decir una palabra más. Se volvió hacia Lauren, con el rostro sombrío.

"Nos están observando. No se detendrán hasta que tengan lo que quieren".

El aliento de Lauren se atascó en su garganta. No estaba a salvo. Nadie estaba a salvo.

Capítulo 11: La pistola humeante

La mente de Lauren se aceleró mientras caminaba de un lado a otro en la habitación con poca luz. La presión iba en aumento, cada momento se sentía más desesperado que el anterior. No había tiempo que perder. Vanessa, Torres y ella tuvieron que trabajar de manera rápida y eficiente. Tuvieron que reunir todo lo que pudieron para exponer a Marcus Sullivan y la corrupción profundamente arraigada dentro de AdvancedTech. Lo que estaba en juego nunca había sido tan importante. Lauren ya había visto lo que estaban dispuestos a hacer para silenciarla, no había vuelta atrás.

Vanessa se sentó a la mesa, con el portátil abierto frente a ella y los ojos escudriñando una serie de archivos que había sacado de la memoria USB. Torres estaba de pie junto a la ventana, con los brazos cruzados y el rostro tenso mientras no dejaba de mirar la calle. Habían acordado reunirse en un viejo almacén abandonado en las afueras de la ciudad. Era el lugar perfecto: apartado, remoto y poco probable que llamara la atención. Aun así, Lauren no podía quitarse de encima la sensación de que las estaban observando. No podían permitirse ningún error.

—Nos estamos acercando —dijo Vanessa, rompiendo el silencio—. Su voz era baja pero decidida. Se había convertido en la calma en el centro de la tormenta en los últimos días. "El servidor que buscamos... Está ubicado en una instalación externa. Todo apunta a que es donde Sullivan guarda los archivos más sensibles".

Lauren dejó de caminar y se volvió hacia ella. —¿Estás seguro? Esta vez no hay errores. No podemos permitírnoslo...

—Lo sé —interrumpió Vanessa, con los ojos brillando con confianza—. "Lo he comprobado todo. Esto es. Si podemos tener en nuestras manos esos archivos, tendremos la evidencia que necesitamos. Comunicaciones directas entre Sullivan y los altos mandos de AdvancedTech. Es la pistola humeante".

Torres se apartó de la ventana y se acercó a ellos. "He conseguido una orden judicial para la instalación. No va a ser fácil, pero tendremos un terreno legal en el que apoyarnos cuando lleguemos allí".

Lauren asintió, sintiendo una ola de cauteloso optimismo. Esta era su oportunidad de arriesgarlo todo, de sacar la verdad a la luz. Pero tan pronto como llegó el optimismo, fue reemplazado por un sentimiento persistente en sus entrañas. Cuanto más descubrían, más peligrosa se volvía su misión. Sullivan y sus socios no se detendrían ante nada para protegerse. Lauren lo sabía ahora más que nunca.

Los tres subieron al coche de Torres, el silencio entre ellos era casi sofocante. A medida que conducían por la ciudad, la tensión en el coche parecía aumentar con cada minuto que pasaba. Torres estaba concentrado en la carretera, con los nudillos blancos mientras agarraba el volante. Vanessa se sentó a su lado, con los ojos pegados a su teléfono, revisando los datos una vez más para comprobarlo todo. Lauren estaba sentada en el asiento trasero, con las manos apoyadas en el regazo y la mente como un torbellino de pensamientos.

Al poco tiempo, llegaron a las instalaciones. El edificio estaba situado en un parque industrial aislado, una estructura fría y gris que parecía haber sido olvidada por el tiempo. Las cámaras de seguridad salpicaban el perímetro y dos guardias estaban en la entrada. Torres redujo la velocidad del coche a medida que se acercaban, la tensión en el aire se espesaba con cada segundo que pasaba.

—Tendremos que ser rápidos —murmuró Torres en voz baja mientras aparcaba el coche a poca distancia de la entrada—. "Nos van a estar esperando. Mantengan la cabeza gacha, sigan mi ejemplo y no hagan movimientos innecesarios".

Los tres salieron del coche, sintiendo cada uno de ellos el peso de lo que estaba en juego. Lauren podía oír el zumbido lejano de la maquinaria que provenía del interior del edificio, y el aire olía a polvo y aceite. Se movieron rápidamente hacia la entrada, permaneciendo agachados y fuera de la vista de los guardias.

Torres mostró su credencial mientras se acercaban a la entrada principal, y los guardias les permitieron la entrada a regañadientes. A medida que se adentraban en las instalaciones, la tensión aumentaba aún más. El olor del aire viciado y de la maquinaria industrial llenaba sus pulmones, pero no había tiempo para detenerse en su entorno. Los datos que necesitaban estaban a su alcance. Los latidos del corazón de Lauren se aceleraban con cada paso.

—Vayamos a la sala de servidores —dijo Torres, con voz tranquila—. "No tenemos mucho tiempo".

Se abrieron paso a través de una serie de pasillos, sus pasos resonando en el espacio vacío. El silencio se sentía desconcertante, como si algo estuviera a punto de suceder. Llegaron a una pesada puerta de acero marcada con un letrero que decía "Sala de servidores". Torres asintió a los demás y, con un rápido movimiento, empujó la puerta para abrirla.

En el interior, filas y filas de camareros zumbaban sin parar, sus luces parpadeantes proyectaban un resplandor espeluznante en las paredes. Torres se trasladó inmediatamente al panel de control, trabajando rápidamente para acceder al sistema. Vanessa y Lauren se apartaron, sus ojos escudriñando la habitación en busca de signos de problemas. El tiempo corría y Lauren no pudo evitar sentir que se estaban acabando.

"Estoy dentro", dijo Torres, con voz tensa por la concentración. Tecleaba furiosamente en la consola, moviendo los dedos sobre las teclas a un ritmo rápido. "He accedido a la base de datos principal. Vamos a ver qué podemos encontrar".

Vanessa se acercó a la consola, sus ojos iban y venían entre la pantalla y los estantes de los servidores. "Esto es todo", dijo ella, con voz baja pero llena de emoción. "Necesitamos agarrar estos archivos antes de que puedan reaccionar".

Pero tan pronto como Torres sacó los archivos que necesitaban, apareció un mensaje en la pantalla. Fue una advertencia, una que inmediatamente hizo que la sangre se drenara de la cara de Lauren.

"Los datos del servidor han sido eliminados", decía la pantalla. "Acceso denegado".

—¿Qué demonios? —murmuró Torres en voz baja—. "Está limpio. Todo se ha ido".

Vanessa golpeó el panel de control con la mano y la frustración se dibujó en su rostro. "No, no, no. No podemos haber llegado hasta aquí por nada".

La mente de Lauren se aceleró. "Tiene que quedar algo. ¿Una copia de seguridad? ¿Algo?

Los ojos de Vanessa recorrieron la habitación, escudriñando las filas de camareros. Se movió rápidamente, con la mirada fija en un pequeño y discreto camarero escondido en un rincón de la habitación. "Ahí. Ese.

Se acercó rápidamente, sus dedos volando por el teclado. Segundos después, el inconfundible sonido de un coche girando llenó la habitación.

—He encontrado una copia de seguridad —dijo Vanessa, con una nota de triunfo en su voz—. "Esto es todo. Esto es lo que hemos estado buscando".

Pero justo cuando la unidad comenzó a extraer los archivos, la puerta de la sala de servidores se abrió de golpe y el personal de seguridad entró a raudales. El corazón de Lauren se aceleró mientras se volvía hacia la salida. Torres ya se estaba moviendo, con la mano en la pistola mientras les hacía señas para que lo siguieran.

"¡Tenemos que irnos, ahora!" —gritó Torres—.

Vanessa agarró el coche, agarrándolo con fuerza en su mano mientras corrían hacia la salida. Lauren la siguió de cerca, con la respiración entrecortada. El sonido de pasos detrás de ellos se hizo más fuerte, y Lauren pudo sentir el calor de la persecución en su espalda. Tenían que salir. No había otra opción.

Llegaron a la puerta justo cuando apareció el primer guardia de seguridad en el pasillo. Torres disparó un tiro de advertencia al techo, lo que provocó que el guardia se agachara para cubrirse. Fue suficiente para darles la ventaja que necesitaban. Salieron corriendo por la puerta y entraron en el callejón, donde pudieron ver su coche esperándolos.

El viaje de regreso a la seguridad fue borroso, la adrenalina hacía que todo se sintiera distante, irreal. Los dedos de Lauren se apretaron alrededor de la unidad que tenía en la mano. Estaba cargado de la verdad por la que habían luchado tanto para descubrir.

Cuando llegaron a su casa de seguridad, Lauren miró a los demás. "Lo tenemos", dijo ella, con la voz entrecortada pero triunfante. "Esto es todo. Esta es la evidencia que necesitamos".

Pero incluso mientras hablaba, no podía quitarse de encima la sensación de que el peligro estaba lejos de terminar.

Capítulo 12: Exposición pública

El aire en la pequeña habitación sin ventanas parecía más pesado de lo habitual mientras Lauren miraba la pantalla brillante frente a ella. Sus dedos flotaban sobre el teclado, su corazón latía con fuerza en su pecho. La habitación estaba tensa, y el peso de lo que estaban a punto de hacer se cernía sobre ella como una nube de tormenta, a punto de estallar. Había visto de primera mano los peligros de esta investigación: las amenazas, la presión, la sensación constante de ser perseguida. Pero este momento se sintió diferente. Las pruebas eran ahora irrefutables. Tenían pruebas.

Vanessa se sentó a su lado, con los ojos fijos en su teléfono, esperando el visto bueno. El detective Torres se paseaba de un lado a otro, rozando de vez en cuando con la mano su arma enfundada. Tenían un plan, pero no había margen para el error. Lauren miró a Torres, con expresión sombría pero resuelta. Sabía que ya no se trataba solo de exponer la corrupción; Se trataba de sobrevivir.

– Todo está en su sitio -dijo Vanessa en voz baja, con la voz cortando el espeso silencio-. "El medio de comunicación está listo para salir en vivo. Todo lo que necesitan es la señal".

Lauren respiró hondo y miró la memoria USB que tenía en la mano, la misma que habían sacado de la sala de servidores. Fue la clave para acabar con la corrupción sistémica de Marcus Sullivan y AdvancedTech. La información contenida en él era explosiva, un historial condenatorio de prácticas ilegales, sobornos y encubrimientos que se extendieron durante años. Si el mundo viera esto, no habría vuelta atrás.

Vanessa y Torres habían sido invaluables para ayudarla a navegar por este camino traicionero. Ahora era el momento de arriesgarlo todo. Lauren no se hacía ilusiones sobre las consecuencias. Sabía que una vez que esta historia saliera a la luz, no solo su vida estaría en peligro. Habría daños colaterales. Las personas que le importaban se verían afectadas. Pero no había otra opción. Había que hacerlo.

Con una última mirada a sus compañeros, Lauren asintió.

—Envíalo —dijo ella, con voz firme a pesar del caos que se arremolinaba en su mente—.

Vanessa tocó algunas teclas en su teléfono y, en cuestión de segundos, la pantalla de la computadora portátil de Lauren parpadeó mientras la historia se publicaba. Las palabras aparecieron en el sitio web del medio de comunicación: *"Denunciante revela corrupción corporativa masiva en AdvancedTech, el CEO Marcus Sullivan vinculado a prácticas ilegales".*

Lauren se reclinó en su silla, tratando de procesar la magnitud de lo que acababan de hacer. Su corazón seguía latiendo con fuerza, pero también había una sensación de alivio. Estaba ahí fuera. La verdad ya no se limitaba a su pequeño círculo. El mundo pronto sabría el alcance de lo que Sullivan y su compañía habían estado ocultando.

Las horas que siguieron fueron un borrón de llamadas telefónicas, alertas de noticias y explosiones en las redes sociales. La historia corrió como la pólvora. La gente estaba indignada. Los tuits llegaron a raudales desde todos los rincones del mundo, con hashtags como #AdvancedTechScandal y #SullivanExposed tendencia en todo el mundo. Presentadores de televisión, locutores de radio y reporteros de todos los canales diseccionaban los detalles de la historia. La imagen de Marcus Sullivan, que alguna vez fue inexpugnable, se estaba desmoronando, pieza por pieza, a medida que surgían nuevas acusaciones.

Pero a medida que el público estallaba de ira, la respuesta de Sullivan y su compañía no se hizo esperar. A última hora de la noche, el equipo legal de AdvancedTech emitió un comunicado.

"Las acusaciones contra Marcus Sullivan son completamente infundadas", se lee en el comunicado. "Las pruebas aportadas son falsas, y estamos tomando medidas legales inmediatas para garantizar que se ponga fin a esta campaña de difamación. Estas acusaciones no son más que un intento desesperado de dañar la reputación de un respetado líder corporativo".

A Lauren se le revolvió el estómago mientras leía las palabras. Sabía que iba a llegar, pero su audacia aún le dolía. El intento de desprestigiarla, de desacreditar la verdad. Lo esperaba todo. La lucha no había terminado. Apenas comenzaba.

"Por supuesto que lo van a negar", dijo Vanessa, con la voz entrecortada de amargura mientras escaneaba su propio teléfono. "Se harán la víctima, desprestigiarán el ángulo de la campaña. Es de manual".

—Tendrán a sus partidarios —murmuró Torres, de pie junto a la ventana, con el rostro tenso mientras miraba las oscuras calles de la ciudad—. "Pero tenemos la verdad de nuestro lado".

Lauren no estaba tan segura. Por mucho que creyera en las pruebas, por mucho que supiera que habían hecho lo correcto, la idea de enfrentarse a la influencia de Sullivan, su poder, era desalentadora. Ya podía sentir que la presión aumentaba.

Su teléfono sonó, interrumpiendo sus pensamientos. Era un mensaje de su empresa. Vaciló un momento antes de abrirlo. Se le cayó el estómago cuando leyó el mensaje:

"Hemos recibido numerosas consultas sobre su participación en la historia reciente. Como usted sabe, su papel en la empresa requiere que se adhiera a ciertos estándares profesionales. Actualmente estamos revisando su situación y nos pondremos en contacto con usted para darle más instrucciones".

Lauren cerró los ojos y respiró hondo. La empresa había estado en vilo desde que comenzó su investigación. Había sido cuidadosa, manteniendo su trabajo separado, pero era inevitable que el escándalo la alcanzara. Su puesto en la empresa estaba en peligro. Sabía que la presionarían para que retrocediera, para que se alineara con el resto de ellos.

—¿Estás bien? —preguntó Vanessa con voz suave.

Lauren no respondió de inmediato. No sabía si estaba bien. No estaba segura de cuánta presión más podría soportar. Pero ahora no podía parar. No cuando tanta gente dependía de ella.

Antes de que pudiera responder, recibió otra llamada. Esta vez, fue desde el teléfono personal del detective Torres.

—Torres —dijo ella con voz urgente—. "¿Qué está pasando?"

—Me están sacando del caso —contestó, con tono entrecortado—. "He sido suspendido a la espera de una mayor investigación. Aparentemente, me he visto comprometido. Los altos mandos quieren que esto desaparezca antes de que se intensifique aún más".

El corazón de Lauren se hundió. Había conocido los riesgos, pero escuchar las palabras pronunciadas en voz alta hacía que todo pareciera demasiado real. Torres había sido un aliado constante, pero ahora incluso él estaba siendo arrastrado a la vorágine de las consecuencias.

—No podemos parar —dijo Lauren, con voz firme a pesar de la incertidumbre que se arremolinaba en su interior—. "Tenemos que seguir adelante. Esto no se detendrá con una sola historia. Tenemos que seguir adelante".

La voz de Torres se suavizó. "Lo sé. Tampoco voy a dar marcha atrás. Pero hay que tener cuidado. Esto ya no es solo un caso. Te enfrentas a personas que harán cualquier cosa para silenciarte".

—Lo sé —susurró Lauren—. "Tendré cuidado".

A medida que pasaban las horas, la gravedad de la situación pesaba más sobre Lauren. El mundo había escuchado la historia, pero la reacción ya había comenzado. La gente de Sullivan se estaba movilizando, tratando de cambiar la narrativa, tratando de contener el daño.

Justo cuando estaba a punto de respirar hondo de nuevo, su teléfono volvió a sonar. Esta vez, fue un correo electrónico. El asunto decía: *"Pieza final del rompecabezas".*

Lauren lo abrió, con las manos temblorosas mientras leía el mensaje:

"Hay una última prueba que te falta. Está escondido en la finca privada de Sullivan. Ve allí y encontrarás todo lo que necesitas para sellar su destino. Pero ten cuidado. Te están observando".

El correo electrónico estaba firmado por Michael Kensington.

Lauren sintió un escalofrío que la recorrió mientras leía las palabras. El peligro iba en aumento, pero también lo era la verdad. Ahora no podía echarse atrás.

Capítulo 13: Infiltración en la finca

El plan era simple, o al menos, lo parecía. Entra en la finca de Marcus Sullivan, recupera el libro mayor y sal sin ser detectado. Pero Lauren sabía que nada de esto era sencillo. Estaban a punto de irrumpir en el corazón de la tormenta. Y la tormenta fue feroz.

Lauren, Vanessa y el detective Torres estaban sentadas alrededor de una mesa en la modesta sala de estar de Diana Rodríguez, la tenue luz proyectaba largas sombras contra las paredes. Diana se había dejado escaso por ahora, dejando a los tres para ultimar su plan. Les había dado lo que necesitaban: contactos, información y un plan de respaldo. También había dejado claro que si algo salía mal, no podían acudir a ella en busca de ayuda. Diana ya había caminado por esa línea antes, pero ahora no tenía intención de volver a las sombras.

Torres se inclinó hacia adelante, sus dedos tamborileando sobre la mesa, sus ojos escudriñando el plano de la propiedad de Sullivan. El diseño era un laberinto de muros altos, caminos bien iluminados y fuertes medidas de seguridad, pero Torres no era ajeno a este tipo de situaciones. Se había enfrentado a criminales con más potencia de fuego de la que recordaba. ¿Pero esto? Esta era una bestia diferente. Sullivan no era un objetivo cualquiera. Era un capo corporativo con conexiones que llegaban hasta los pasillos del poder.

—Así que —empezó Torres en voz baja—, entramos, encontramos el libro de contabilidad y nos vamos sin que nadie sepa que hemos estado allí. Bastante fácil, ¿verdad?

Lauren no pudo evitar sentir el peso de sus palabras. Fácil no era una palabra que usaría para describir lo que estaba a punto de suceder. No tenían forma de saber cuántas personas estaban dentro de la finca, o qué tipo de vigilancia les estaba esperando. Pero tenían que intentarlo. El libro mayor era la última pieza del rompecabezas. Si lo conseguían, podrían vincular a Sullivan con todo: sobornos, extorsiones y una red de actividades ilegales. Era su única oportunidad de derribarlo para siempre.

—Vamos a entrar por el lado este —dijo Vanessa, señalando el plano—. "Hay una entrada de servicio que no está cubierta por cámaras. Solo está monitoreado por un solo guardia, pero no es probable que esté mirando hacia nosotros. Entraremos y saldremos en menos de diez minutos.

—Diez minutos —repitió Torres, con una pequeña sonrisa en la comisura de sus labios—. —Eres optimista.

—No tenemos otra opción —dijo Lauren, con evidente tensión en su voz—. "Cuanto más tiempo nos quedemos, más probable es que nos atrapen. Entramos, salimos y mantenemos la cabeza gacha".

El plan estaba establecido. Lauren ya había hecho arreglos para llevarlos a la finca sin levantar sospechas. Los contactos de Diana les habían proporcionado una furgoneta anodina, y la historia de tapadera era simple: eran contratistas que trabajaban en una mejora de seguridad. Con sus atuendos cuidadosamente elegidos para que coincidan con el papel, se mezclarían. Al menos, esa era la teoría.

Al caer la noche, el equipo se reunió en la camioneta estacionada a pocas cuadras de la mansión de Sullivan. La finca se alzaba a lo lejos, con sus altas puertas iluminadas por fuertes focos. Los guardias patrullaban el perímetro, caminando con patrones bien ensayados. El lugar era una fortaleza, y cada detalle había sido considerado. Pero Lauren no tenía intención de dejar que eso la detuviera.

"Recuerden, nos apegamos al plan", les recordó mientras se ponían su equipo. "Entrar y salir. Obtenemos lo que necesitamos y no hacemos ruido".

Torres asintió, con el rostro decidido. "Hagámoslo".

Se dirigieron a la entrada de servicio, teniendo cuidado de mantenerse fuera de la vista de los guardias. El aire se sentía cargado de expectación, el único sonido eran sus silenciosas pisadas contra el camino de grava. Cuando llegaron a la puerta, Vanessa comprobó la cerradura y, con un silencioso chasquido, cedió. Estaban dentro.

El interior de la finca era lujoso pero frío. Pinturas costosas adornaban las paredes y los pisos de mármol brillaban bajo las luces tenues. Estaba muy lejos del mundo que Lauren había conocido, un mundo donde el poder y la riqueza se usaban para manipular y controlar. Ella no pertenecía aquí, pero para esta misión, tenía que fingir que lo hacía.

Se movieron rápidamente, permaneciendo en las sombras. Torres abrió el camino, su experiencia los guió a través del laberinto de pasillos y habitaciones. No pasó mucho tiempo antes de que llegaran a la oficina de seguridad. Torres se deslizó hacia adentro, desactivando las cámaras con practicada facilidad. Estaban a salvo.

Vanessa los llevó a la oficina donde creían que estaba escondido el libro de contabilidad. Era el estudio privado de Sullivan, una habitación llena de estanterías de caoba, un enorme escritorio y un conjunto de puertas de vidrio que daban al jardín. Se acercaron con precaución, sus respiraciones eran superficiales mientras cruzaban el umbral. El libro mayor tenía que estar aquí, escondido en un lugar seguro. Si Sullivan había ocultado algo, era este documento, la clave para desentrañarlo todo.

El pulso de Lauren se aceleró mientras examinaba la habitación. Todo parecía ordinario, nada fuera de lugar. Pero entonces sus ojos se posaron en un pequeño cajón cerrado con llave en el rincón más alejado de la habitación. Sus instintos le decían que eso era todo. Hizo un gesto con la cabeza a Vanessa, que no perdió tiempo en sacar un juego de herramientas de su bolso.

A los pocos minutos, el cajón se abrió y Vanessa sacó un grueso libro de contabilidad, cuya funda de cuero estaba desgastada por el tiempo. El corazón de Lauren dio un vuelco. Esto fue todo. Esta era la prueba que habían estado buscando. Las notas escritas a mano en el interior eran detalladas, con fechas, nombres y transacciones que vinculaban directamente a Sullivan con actividades ilegales: sobornos, comisiones ilegales y la manipulación de políticas públicas. Todo estaba allí, en blanco y negro.

Estaban a punto de irse cuando lo escucharon: el sonido inconfundible de pasos que se acercaban. Los guardias estaban ahora más cerca y no tenían tiempo que perder. Torres les hizo señas para que se dirigieran hacia la salida trasera, pero al doblar la esquina, se encontraron con dos guardias de seguridad armados que se interponían en su camino.

Los guardias no dijeron una palabra, sus armas desenfundadas y apuntando al trío. La mano de Torres se acercó instintivamente a su costado, sus dedos rozando su propia pistola. La tensión en la habitación era palpable mientras se enfrentaban, el enfrentamiento flotaba en el aire como una nube de tormenta a punto de estallar.

Lauren se quedó sin aliento en la garganta mientras miraba a Torres y a los guardias. Un movimiento en falso, y esto podría terminar mal. Miró a Vanessa, que ya retrocedía lentamente, con la mano apretada contra la bolsa, dispuesta a sacar algo, cualquier cosa, que pudiera ayudarles a escapar.

La voz de Torres era tranquila, pero firme. —Baja las armas —dijo, apuntando lentamente la mano a su propia arma—. "No queremos ningún problema".

Los segundos se extendieron hasta la eternidad mientras los guardias dudaban, sus ojos se movían entre Torres y Lauren. Habían sido atrapados, y lo único que quedaba era cómo salir de esto.

Lauren contuvo la respiración, esperando el inevitable choque. Lo que estaba en juego nunca había sido tan importante.

Capítulo 14: Justicia y consecuencias

El enfrentamiento en el estudio de Sullivan terminó en cuestión de segundos, pero para Lauren, el tiempo parecía extenderse hasta el infinito. Podía oír los latidos de su corazón en sus oídos, el sonido de la sangre corriendo por sus venas. Sus ojos nunca se apartaron de los guardias armados, sus armas seguían apuntando a ella y a Torres. Vanessa estaba detrás de ella, tensa pero quieta, esperando algo, cualquier cosa, que pudiera darles una ventaja.

Las manos de Torres estaban firmes mientras mantenía su enfoque en los guardias, su expresión era ilegible. Era un hombre de acción, e incluso frente a una situación de vida o muerte, mantuvo la calma. —No quieres hacer esto —dijo, con voz firme y autoritaria—. "No estamos aquí para lastimar a nadie. Solo tienes que dejar las armas y salir de aquí sin que nadie salga herido".

Los guardias vacilaron, sus ojos parpadeaban nerviosamente entre Torres y el trío de intrusos. Estaban claramente fuera de su alcance. Se suponía que la propiedad de Sullivan era impenetrable. Estos guardias, contratados por su capacidad de intimidación, no estaban entrenados para un enfrentamiento armado. Sus manos temblaban ligeramente, sus armas se apretaban más, como si esperaran una orden.

Fue el movimiento más pequeño lo que le dio a Torres la apertura que necesitaba. Un guardia movió su peso, lo suficiente para que Torres actuara. En un movimiento borroso, Torres se abalanzó, arrancando el arma de la mano del guardia más cercano con un golpe rápido. El otro guardia reaccionó demasiado tarde.

En el mismo movimiento, Torres lo desarmó, enviando el arma por el suelo.

Los guardias retrocedieron a trompicones, desorientados. Uno trató de sacar un arma secundaria, pero Torres ya estaba encima de él, presionándolo contra la pared con un brazo mientras el otro retorcía el brazo del guardia detrás de su espalda, bloqueándolo en su lugar.

—Pide refuerzos —jadeó el guardia, con la cara enrojecida por la presión en el brazo—. "¡Te arrepentirás de esto!"

Torres no se inmutó. Había lidiado con cosas mucho peores que ésta. —Hoy no —dijo con frialdad, y con un rápido movimiento aseguró los brazos del guardia detrás de él, dejándolo inmóvil—.

Lauren y Vanessa intercambiaron miradas rápidas, con un torrente de alivio. No podían permitirse perder más tiempo. El libro de contabilidad todavía estaba en la mano de Vanessa, y era su boleto para derribar a Sullivan. Los tres no perdieron tiempo en salir de la habitación, moviéndose rápidamente por los pasillos hacia la salida trasera.

Toda la finca estaba ahora en alerta máxima. Su tiempo se estaba acabando, pero ya casi estaban allí. La presión era palpable a medida que se acercaban a la puerta. El sonido de las sirenas ya se escuchaba a lo lejos, y no tenían dudas de que las fuerzas de seguridad llegarían pronto a la finca.

Vanessa echó una última mirada a los guardias antes de seguir a Lauren y Torres fuera. El aire de la noche los golpeaba como una pared, agudo y frío, mientras corrían hacia la camioneta que los esperaba. Torres ya estaba al volante, con las manos agarrando el volante con una intensidad feroz. El motor cobró vida mientras se alejaban, con el corazón acelerado.

No fue hasta que estuvieron a kilómetros de distancia, aparcados en una zona apartada y alejada de la finca, que se permitieron respirar. La tensión que se había estado acumulando durante días finalmente comenzó a levantarse, pero el peso de sus acciones permaneció. Tenían las pruebas. Sullivan caería. Pero el camino por delante estaba lejos de terminar.

Horas más tarde, Lauren se sentó en una pequeña mesa en un lugar seguro, con el libro mayor extendido ante ella. El FBI se había hecho cargo de la operación y ya estaban en posesión de las pruebas. Torres había llamado a los refuerzos que necesitaban, y ahora las autoridades estaban interviniendo en Sullivan. Era una situación delicada: las conexiones de Sullivan eran profundas y lo último que querían era darle tiempo para destruir las pruebas.

Las pruebas que habían recogido del libro mayor eran irrefutables. Los contratos, las notas escritas a mano, los nombres, todo lo que habían descubierto pintaba una imagen clara de la corrupción de Sullivan y su amplia influencia en los círculos corporativos y gubernamentales. El escándalo que vendría después sería imposible de ignorar.

El teléfono de Lauren sonó, rompiendo su concentración. Bajó la mirada hacia el mensaje, su corazón se hundió cuando vio de quién era. Era Michael Kensington, el ex ejecutivo de AdvancedTech que había estado alimentando su información durante semanas.

Hay una pieza más. Todavía no has terminado.

Los dedos de Lauren se cernían sobre la pantalla, su mente se aceleraba. Las piezas del rompecabezas habían caído en su lugar, pero este mensaje sugería algo más grande, algo que habían pasado por alto. Se le revolvió el estómago mientras miraba a Torres, que estaba ocupado en una llamada separada con el FBI.

Vanessa se sentó frente a ella, todavía temblando por los acontecimientos de la noche.

—Esto no ha terminado —murmuró Lauren para sí misma—. Había luchado demasiado para detenerse ahora. La investigación, la persecución, las experiencias cercanas a la muerte, todo había llevado a esto. Pero ahora, con el mensaje de Kensington, se dio cuenta de que solo habían descubierto la superficie de algo mucho más insidioso.

Al otro lado de la ciudad, el imperio de Sullivan comenzó a desmoronarse. Los medios de comunicación ya estaban informando sobre la redada del FBI en su propiedad, su arresto y las pruebas condenatorias que se habían descubierto. Políticos, directores ejecutivos y miembros de la junta directiva de algunas de las corporaciones más poderosas del país renunciaron a raíz del escándalo. El público estaba enfurecido, exigiendo respuestas por los años de manipulación, codicia y corrupción que se habían permitido florecer bajo la supervisión de Sullivan.

La valentía de Lauren fue aclamada por los medios. Fue celebrada como una heroína, una denunciante que lo había arriesgado todo para exponer la verdad. Los elogios llovieron a raudales, pero en el fondo, Lauren sabía que la batalla estaba lejos de terminar. El arresto de Sullivan fue solo el comienzo. Todavía había demasiadas preguntas sin respuesta, demasiados actores involucrados. La red de corrupción que habían descubierto era vasta, y las personas que operaban dentro de ella eran despiadadas.

El teléfono de Torres volvió a sonar y contestó con un escueto saludo. Después de unos momentos, se volvió hacia Lauren, su rostro sombrío.

"Me están ofreciendo una suspensión. Dicen que ya no me pueden tener asociado con este caso. La presión es demasiado alta". Hizo una pausa y su voz se suavizó. – Puede que haya terminado, Lauren.

Lauren le dedicó una sonrisa tranquilizadora. "Has hecho más que suficiente. Has sido invaluable para esta investigación. No dejes que te hagan pensar lo contrario".

Pero incluso mientras pronunciaba las palabras, Lauren sabía que la pelea estaba lejos de terminar. El arresto de Sullivan había destrozado la superficie de la conspiración, pero cuanto más profundizaba, más se daba cuenta de que había fuerzas en juego que apenas habían comenzado a entender.

Mientras Lauren se sentaba, reflexionando sobre todo lo que había sucedido, sintió una creciente sensación de inquietud. El mensaje de Kensington, las advertencias repentinas y las amenazas constantes a las que se habían enfrentado, todo apuntaba a algo más grande. Algo peligroso.

Su teléfono volvió a sonar. Esta vez, el mensaje fue claro y directo.

Tú eres el siguiente. Nadie está a salvo. El final es solo el comienzo.

El corazón de Lauren dio un vuelco mientras leía las palabras. El mensaje era una advertencia, una que no podía ignorar. La batalla estaba lejos de terminar. La caída de Sullivan acababa de ser el telonero. La verdadera pelea aún no había comenzado.

www.ingramcontent.com/pod-product-compliance
Ingram Content Group UK Ltd.
Pitfield, Milton Keynes, MK11 3LW, UK
UKHW020848120225
455007UK00011B/407